귀로 산다

실천문학시인선 032
귀로 산다

2019년 11월 5일 1판 1쇄 인쇄
2019년 11월 5일 1판 1쇄 펴냄

지은이 성영희
펴낸이 윤한룡
편집 김은경
디자인 윤려하
관리·영업 한해인

펴낸곳 (주)실천문학
등록 10-1221호(1995.10.26)
주소 서울특별시 중랑구 상봉로 110, 1102호
전화 322-2161~5
팩스 322-2166
홈페이지 www.silcheon.com

ISBN 978-89-392-3042-2 03810

이 시집은 인천문화재단의 창작지원금 후원으로 발간 되었습니다.

실천문학 시인선 032

귀로 산다

성영희 시집

실천문학사

제1부

미역귀 11
연장의 공식 13
여름 궁전 15
아름다운 대칭 17
춤 19
꽃무릇 21
겨울 숲 23
창문이 발끈, 25
종 27
먼지의 계보 29
아귀 31
의중 33
각오의 삼색 35

제2부

우물우물 맛있나요 39
이동 만물상 41
씨앗의 학습 시간 43
칠월을 순지르다 45
호미를 걸며 47
잘생긴 웃음 49
석양증후군 51
지붕문서 53
구들장 55
햇살 핫팩 57
소반 58
빼앗긴 옷 60
말표고무장화 62

제3부

페인트공 67

나무들의 외래어 69

거미의 생존 방식 71

굴러야 살지 73

환지통 75

하루살이 77

고사목 79

좁교 81

딱정벌레들 83

바닷속 우체국 85

족족 붙어 있는 자산어보 87

오동집 89

회귀 보고에 관한 진정서 91

제4부

깃발 95

돌을 웃기다 97

셔틀콕 99

여자만 101

연대를 옮겨 피다 103

해녀들 105

꿈틀, 107

여주 108

찬물 110

탁본 112

향일암 114

정점 116

가을 길들이기 118

해설 방민호 123

시인의 말 142

제1부

미역귀

미역은 귀로 산다
바위를 파고 듣는 미역줄기들
견내량 세찬 물길에 소용돌이로 붙어살다가
12첩 반상에 진수(珍羞)로 올려졌다고 했던가
깜깜한 청력으로도 파도처럼 일어서는 돌의 꽃
귀로 자생하는 유연한 물살은
해초들의 텃밭 아닐까

미역을 따고 나면 바위는 한동안 난청을 앓는다
돌의 포자인가,
물의 갈기인가, 움켜쥔 귀를 놓으면
어지러운 소리들은 수면 위로 올라와
물결이 된다
파도가 지날 때마다
온몸으로 흘려쓰는 해초들의 수중악보
흘려쓴 음표라고 함부로 고쳐 부르지 마라
얇고 가느다란 음파로도 춤을 추는

물의 하체다

저 깊은 곳으로부터 헤엄쳐 온 물의 후음이
긴 파도를 펼치는 시간
잠에서 깬 귀들이 쫑긋쫑긋 햇살을 읽는다

물결을 말리면 저런 모양이 될까
햇살을 만나면 야멸치게 물의 뼈를 버리는
바짝 마른 파도 한 뭇

연장의 공식

무쇠들, 화덕 앞에 몰려 있다
강한 것 같지만 연하고 푸르스름한 살을 가지고 있는 쇠
잘 벼린 낫날은 무쇠의 가장 깊은 살이다
뼈가 살을 베는 것은 본 적 없으나
살은 살을 벨 수 있는 것
투박한 모루에 불꽃으로 상기되는 소리들이 박혀 있다
연약한 속을 끄집어내는 불꽃과
두드릴수록 가늘어지는 비명들
펄펄 끓는 불의 의중에 따라 길들여진 것이
연장의 모양이라면
불꽃은 가늘고 긴 계절을 불러내는 혀다

불의 뼈를 두드리는 사내가 있다 창을 열면 가까이 와 있는 국적 없는 별들, 낮 동안 쏘아올린 불꽃 중 어느 하나는 아주 먼 곳까지 튀었을 것 같다

자루 하나 끼우면

끼니가 되거나 공사가 되기도 하는 쇠의 근성
쟁기질을 하는 사람과 칼을 휘두르는 사람은 모두
뜨거운 손잡이를 쥐고 있는 것이다
검은빛을 다 버린 다음에야
다시 번쩍거리는 연장의 공식

날아가지 않고 뿌리로 들어가서
뼈가 되는 불꽃들
어린 새 한 마리가 푸른 불꽃 속에서 파닥거린다

여름 궁전

폐허를 두들겨 빨면 저렇게 흰 바람 펄럭이는 궁전이 된다. 매일 바람으로 축조되었다 저녁이면 무너지는 여름 궁전은 물에 뿌리를 둔 가업만이 지을 수 있다. 젖은 것들이 마르는 계단, 셔츠는 그늘을 입고 펄럭인다.

몸을 씻으면 죄가 씻긴다는 갠지스강 기슭에서 두들겨 맞다 이내 성자처럼 깨끗해지는 옷들, 어제 죽은 이의 사리*를 계단에 펼쳐놓고 내일 태어날 아이의 이름을 헹구는 도비왈라**들, 거품 빠진 신분들이 명상처럼 마르고 있다.

이 강에서 고요한 것은 연기뿐,

밤이면 강물은 다시 태엽을 감고 소리를 잃은 것들은 물결이 된다. 화장장의 연기도 무시로 강물 따라 흐른다. 앞 물결과 뒤 물결이 섞여 흐르는 이곳에 오늘이 있고 산 자만이

---

* 인도의 여자 의상

** 빨래하는 사람, 카스트에도 속하지 못하는 불가촉 천민

빤 옷을 육신에 걸칠 수 있는 내일이 있다.

물소리를 베고 잠들면 잠결에도 물이 흐를까, 사내들의 팔뚝은 강기슭을 닮았다. 끊임없이 궁전을 세우지만 그 안에 들 수 없는 불가촉 타지마할, 하얗게 펄럭이는 그들만의 궁전이다.

아름다운 대칭

대칭을 이룬 수사슴의 뿔은
야생의 서열,
사나운 번식기와 짝짓기를 고르는 암컷 사슴도
저 늠름한 뿔 하나면 제압과 선택을
동시에 누릴 수 있다지
나뭇가지처럼 앙상하고 볼품없는 뿔은
수난의 시절을 보냈다는 증거
산매화 흩날리다 정착한 등에는
희고 고운 꽃잎들이 압화처럼 눌려 있지
풀과 이끼와 나뭇잎들의 습성이
눈송이처럼 스며 있지

혹자는 지상의 별자리라 한다지
우아하게 움직이는 넝쿨이라 한다지
까만 눈망울을 반짝이며
암컷을 기다리는 순정도
빼어난 뿔의 아름다움엔 미치지 못하지

길고 부드러운 속눈썹엔
숲의 고요가 매달려 있어
우연히 산속에서 수사슴을 만난다면
놀라거나 도망칠 일이 아니지
싸움에서 이긴 수사슴이
정중하고 경건하게
뿔의 갈래를 더듬으며 대칭을
바로잡고 있는 중일지도 모르니까

춤

땅도 오래되면 춤추듯 출렁거린다
그 옛날 바람이거나 파도였던 곳,
억겁의 시간을 견디고 나니
춤출 일만 남았다는 듯
그 위에 핀 풀들도 흔들린다
내놓고 추기가 부끄러워서
지층 깊숙이 출렁이는 형상들을 밀어 넣고
가로의 춤만 꺼내 흔든다

태고로부터 쌓아 온 바람과 파도와 자갈들의 말

행간 어디쯤에서 한 호흡 쉬어야겠다는 듯
휴(休), 휘어진 층리
그 틈을 빌려 꽃들이 핀다

춤추는 땅,
지층 사이사이에 몇천 년이 들어 있다

몇천 년이란 저렇게 얇거나 출렁이는 것이어서
오랜 시간이 눌러 놓았을 바람의 연대를
절벽마다 융기마다 우뚝 내거는 것이다
그러고 보면
지층은 바람이 낳은 거대한 생산물이므로
땅도 이따금 덩실 춤추는 것이 아닐까

춤추다 굳은 땅은
퇴적도 곡선이다

꽃무릇

무리를 지으면 쓸쓸하지 않나
절간 뜰을 물들이며 흘러나간 꽃무릇이
산언덕을 지나 개울 건너
울창한 고목의 틈새까지 물들이고 있다
여린 꽃대 밀어 올려
왕관의 군락을 이룬 도솔산 기슭
꽃에 잘린 발목은 어디 두고
붉은 가슴들만 출렁이는가
제풀에 지지 않은 꽃이 있던가
그러니, 꽃을 두고 약속하는 일
그처럼 헛된 일도 없을 것이지만
저기, 천년 고찰 지루한 부처님도
해마다 꽃에 불려나와
객승과 떠중이들에게 은근하게
파계를 부추기는지도 모르는 일이다
어느 화사한 말이든
무릇을 앞뒤로 붙여

허망하지 않은 일 있던가

꽃이란 무릇, 홀로 아름다우면 위험하다는 듯

같이 피고 같이 죽자고

구월의 산문(山門)을 끌고

꽃무릇, 불심에 든 소나무들 끌고 간다

겨울 숲

겨울 산, 수런대는 계곡을 따라가다 보면 물고기들의 을씨년스러운 잔등을 만난다. 꼬리는 하류 쪽으로 꿈틀거린다. 깡마른 나무들이 직립으로 견디는 가잠의 시간들, 고드름이 가시처럼 흘러내리고 있다. 폭포는 떨어지는 소리들로 얼지 않는다. 튀어나간 물방울들만 빙벽으로 미끄럽다. 뼈를 드러낸 물고기의 잔등처럼 잎 다 떨어진 나무들이 일렬로 서 있는 산등성이

나무들의 귀는 일년생이다.

어떤 소리가 저렇게 앙상하게 남아 저희들끼리 입을 만드는가,

수백 년 동안 자란 물고기들이 산꼭대기를 헤엄치고 있다.

능선 지느러미 겨울을 달리고 있다.

물고기들의 조상은 앙상한 나무들이 줄 서 있는 저 산등성이다. 얼음장 밑에 귀를 대 보면 넓은 대양의 물이 가는 줄기로 흘러내린다. 봄부터 여름까지 가득 찼던 푸른 정맥을

닫아 버리고 앙상한 팔로 바람을 겪는 지느러미들

아무리 작은 물고기라도 몸속에 가시를 숨기고 있듯 겨울 산, 그 끝없는 능선 속에는 헤아릴 수 없는 잔가시들이 공중을 향해 자라고 있다.

활시위를 당기듯 겨울 숲을 당기는 팽팽한 바람에 능선 하나 걸린다. 꿈틀거리며 물살을 타는 지느러미들, 겨울이 느리게 날아가고 있다.

창문이 발끈,

창문에 발끈, 불빛이 들어간다
저녁의 불빛들은 모두 창문이 된다
커튼을 치면 안쪽의 의중이 되고
걷으면 대답이 되는 바깥

집의 주인은 그러니까 창문의 불빛이다
모든 외출은 캄캄하므로
불빛 없는 창문은 사람이 꺼진 것이다
여름 창문에는 여름의 영혼이 있어
날벌레들이 기웃거리고
겨울 창문에는 서리는 것들이 있어
찬바람이 기웃거린다

오래전에 기웃거렸던 창문 하나를 우연히 찾았을 때
여전히 불을 밝히고 있다면
커튼이 걷히고 발끈,
옛 그림자 하나 튀어나오기라도 한다면

창을 갖는다는 것은 언제든지
나를 잠그거나 열 수 있는 은밀한
고리 하나를 가졌다는 것이다

불 밝히지 않고 있는 이야기 하나가 있다
날벌레의 기억이었던가
바람의 틈이었던가
생각하면 여전히 발끈, 치솟는
뜨듯한 기억

종

누군가 문간에 걸어둔 모자 같다
어떤 날은 길고 가느다란 소리만 가득해서
테가 다 풀릴 것 같다

오후의 종소리는 적막한 문에 귀를 부른다
어느 경내이거나
미신을 몰아내던 예배당 같은,
그러나 지금 여기
한 그릇 손님을 부르는 밥의 종교
문은 안쪽을 먹여 살린다
쫑긋, 안팎으로 모은 넓은귀다

손을 모으는 사람, 고개를 돌리는 사람
종은 사람을 구별하여 소리 내지 않는다
드문드문 환해지는 문
소리만으로도 문은 화들짝 반갑다
꽃피는 날에는 종소리도 들떠

여행을 떠난 것일까
문이 열리면 꺼져 가던 혀들이 잠깐
타올랐다, 도로 식었다

모자를 고쳐 쓰고 퇴장하는 종들
종종 울렸으면,

먼지의 계보

오래전 닫혔던 가게 문을 열었다. 비스듬히 드러나는 먼지의 춤, 날아다니는 먼지들이 손님을 맞는다. 달력은 여전히 이십 년 전 성업 중이고 정지된 시간을 지킨 것은 뱀이나 원숭이 같은 달력 속 짐승들이다. 똑딱똑딱 제 소리를 따먹으며 천천히 멈추었을 시곗바늘은 묶어 놓은 듯 자정이다.

한때는 숨이고 관상이었을 수족관, 말라 가는 포르말린을 뻐끔거리며 침몰했을 지느러미들에게 물 마른 관(館)은 미궁일 뿐이다.

어둑한 탁자에 머물러 있는 두 잔의 대화, 미처 거두지 못한 침묵이 딱딱하게 굳어 있다. 어떤 약속은 뚜뚜거리며 수화기를 대롱거리고 흐릿한 메모는 긴 기다림만 남겨 놓았다. 누구의 고향이었나, 돌담길 돌다 멈춘 레코드판, 옛 가수는 늙지 않았다 조금은 가물가물해졌으나 어느 닫힌 하루를 열기까지 변심 없는 웃음이다.

오늘은 서로 다른 날짜가 마주 보는 하루다. 눅눅한 지하의 시간들이 기둥을 가로질러 계단을 빠져나가고 있는 정오, 이십 년 전의 햇살과 오늘의 햇살이 아득한 옛 목록 속에서 꿈틀거린다.

아귀

아귀의 이빨은 창살이야
물컹, 못생긴 저 꼴을 좀 봐
몸에 가시들은 식탐의 부작용일 거야
입의 오해가 식탐을 가려 주지
들이기만 하고 뱉어낸 적 없는 이빨
그렇게 들어간 것들이 배를 갈라
좌판에 누울 줄 누가 알았겠어

다 끄집어낸 저 속은
탈옥일까 출옥일까
반짝이는 비늘과 푸른 등도
싱싱한 속내에는 미치지 못하지

아귀는 무엇을 가두려고 입에 창살을 친 것일까
이 악물고 악착같이 지키려고 한 것이 혹시
죽음은 아니었을까
열린 죽음엔

아무런 의심도 없지
저수지에서 막 건져낸 여자처럼
훌렁 뒤집힌 사인(死因) 좀 봐
얼마나 속상했으면 간장(肝腸)을 다 드러냈겠어

어물전 좌판엔 납작 엎드린 아귀가 있지
더 이상 가둘 수 없을 때
보글보글 끓는 저녁 한 끼 남는 거라고
창살 같은 이빨로
으시시 말하고 있지

의중

철못은 안을 채우면서 박히고
나사못은 틈을 파내면서 들어간다
박히는 소리로 넘치는 못과
파냈으므로 넘칠 것 없이 꽉 조이는 못,
삐걱거리는 못은 딱딱한 성질 때문이 아니라
의중을 묻지 못했기 때문이고
소리 없이 그 틈을 채우는 못은
물렁해서가 아니라
의향을 가늠했기 때문이다

누군가 버드나무 가지를 꺾어 땅에 힘껏 찔러 넣어
자국도 없이 박혔다면
그 속에서는 뿌리가 다시 파랗고
우거진 틈을 내 펼치고 있는 것이겠다
무심코 던진 돌멩이도
물보라를 덜어 낸 다음에
그 깊이로 가라앉는다

벽에 걸린 겨울 외투의 의중이
나른한 창밖을 내다보는 봄날 오후
위층에서 간헐적으로 못 박는 소리가 난다
삐걱거리는 속내도 아랑곳없이
시계 초침은 쉬지 않고 톡톡
휴일 오후를 박고 있다

무엇이든 잘 들어가지 않을 때는
그 의중을 물어 살살
돌려 줄 것

각오의 삼색

저것은 오욕이다. 자기를 더럽혀 일상의 귀퉁이를 쓸어내는 일, 골목과 마당을 가로질러 깨끗한 당신을 여는 횡단, 한쪽으로 쏠린 하부에서 고단한 빗자루의 쓸쓸한 저녁을 읽는다.

삼색 플라스틱 빗자루에게는 오욕의 천직이 있다. 천직 앞에서는 얼굴을 붉히거나 당황하지 않는 것, 새파랗게 질리거나 노랗게 놀랄 풍경들을 미리 가지고 있는 것이다. 닳는 속도보다 휘어지는 속도가 빨라 한쪽으로만 누운 노련한 관습은 흥건한 하수구나 퀴퀴한 먼지 속에서도 표정 하나 바뀌지 않는 가관이다.

진눈깨비 내리는 새벽, 24시 편의점 앞에서 새파란 여자가 새빨간 입술을 오물거리며 산더미 같은 굴욕을 질겅질겅 씹는다. 미친놈 이거나 처드셔, 세 번째 손가락이 불쑥 튀어나올 때 그녀는 이미 그 무엇이든 쓸어낼 기세다. 그녀가 삼색의 각오로 온갖 굴욕을 쓸어내기 시작한 것은 거친 콘크

리트 바닥에 흙 마당을 내주고부터라는데

굴욕도 가족 앞에서는 무릎을 굽히는 것, 그녀는 오늘도 야근 중일까 뭉개진 전단지 모서리에 새파란 여자가 동백처럼 웃고 있다. 모욕은 화끈거리고 배가 더부룩하여 오래 식지 않는 뜨거운 한 끼다.

제2부

우물우물 맛있나요

여든일곱 어머니는 잇몸 운동론자예요
가지런한 새 이도 마다하시죠
그렇다 보니 가장 맛있게 드시는 건 우물우물이죠
어머니의 모든 음식에는 우물우물이 들어 있어요, 함구
입을 열면 다 달아나고 말까 봐
이 빠진 잇몸이 문턱을 만들었어요
뚝뚝 끊어지는 말
뭉툭한 말들이 빠져 버리더니
언제부턴가 쭈물쭈물도 더해져서
바람 빠진 입술, 꼭 움막 같아요

우물거린 말은
목구멍으로 다시 넘어가요
입속에서 오래 우물거리다 보면
단맛 쓴맛 다 빠져 버린 밍밍한 맛
욱여넣듯 꿀꺽 삼켜요

누군들 이 밍밍한 맛을 좋아할까요
성근 말은 이제 핀잔을 부른다는 것쯤은 다 알아서
속말 되어 넘어가요
어머니는 말을 할 때도 잇몸으로 해요
가시가 다 녹을 때까지
성급히 넘기거나 내뱉지 않고
맨 마지막으로 맛없는 것을 꾸욱, 삼켜요

그 옛날 잇몸으로 태어난 내가 그랬을까요
아기처럼 자꾸 뒷걸음치는 어머니
잇몸뿐인 저 입에
나의 빈 젖을 물리고 싶어요

이동 만물상

한적한 마을에 만물트럭이 지나간다
늙수그레한 남자와 동승한 여자 목소리는
옆자리에 앉지도 않고
평생 늙지도 않는다
젊은 여자의 목소리만으로도 설레는
바깥노인들

아이가 없는 집에서 우유를 사고
남편이 없는 집에서 국수를 산다
사탕 한 봉지를 사는 할머니는
일주일 동안 입안을 굴리며 말 상대를 대신할 것이다
마시멜로는 손주들의
달콤한 말맛이어서 좋고
잇몸의 사정을 잘 헤아리는 두부는
무를수록 부드러워서 좋다
사탕은 평생을 통틀어
가장 달달한 대답 같다

늙은 마을에
어린 입맛들

농번기에는 모두 흙 묻은 손이다
트럭이 돌아 나가는 저녁처럼 어둑한 손끝들
외상은 몇 달이 지나도
이자를 늘리지 않는다

그러고 보니
벌써 2주째 보이지 않는 얼굴이 있다
거슬러 주지 못한
잔돈 같은 소식들

이 마을에선
묻지 말아야 할 안부도 있다

씨앗의 학습 시간

낡은 빈집 들어내고
새집 한 채 지으려고 들어온 요양병원
이곳에도 신축이 한창입니다
폐자재들과 부서진 벽돌 더미 사이로
얇고 하얀 접시를 층층이 매단
접시꽃이 활짝 피어 있습니다
꽃의 중심은 줄기라는 듯
곁가지 하나 허투루 뻗지 않고
아래층 꽃이 위층 꽃을 받들며
거칠고 험상궂은 건축 폐기물 사이에서
본격적으로 여름을 맞습니다

맨 아래층 꽃송이에는 뒤축 하얀 간호사들이, 그다음 꽃송이에는 반달 같은 가슴이 다시 보름달처럼 차오르길 기다리는 여자였던 엄마들이, 또 그 위 꽃송이에는 푸른 잎맥을 기원하는 가장들이 아슬아슬한 층계를 이루며 꽃밭 한 동 가꾸는 중입니다

누군가 살다 간 빈집
미처 주인을 따라가지 못한 식물들이
해마다 제 씨앗을 퍼트려 만든 울타리가
어느 담장보다 아름다운 것은
그들만의 오랜 학습의 결과일 것입니다
중장비의 괴력 없이도 지어지는
꽃들은 이미 씨앗에서부터 학습받은
저희들만의 설계도가 있습니다
엽전을 닮은 접시꽃 씨앗
그 한 알의 낱알에서
우렁우렁 학습 소리 들립니다

칠월을 순지르다

열대성 고기압이 아지랑이 도는 콩밭. 아무리 순을 쳐내도 쑥쑥 자라는 한낮의 더위처럼 웃자란 칠월이 콩밭을 에워싸고 있다.

칠월은 일 년 중 가장 빠른 달

잘려나간 것들은 금세 시들지만 남아 있는 것들은 햇살을 묻혀 부지런히 열매를 수습한다. 키가 낮아진 고랑 꼬투리 안에서 말똥말똥 영그는 콩은 아직 철을 몰라서 철없는 눈.

나는 푸른 잎겨드랑이에서 총상화서(總狀花序)로 피었던 나비다. 저 작은 방 안에서 옹기종기 칠월을 자랐고 새까만 콩알처럼 뛰쳐나갈 때만 기다렸었다. 자를수록 웃자라던 내 칠월은 엄마의 가을을 송두리째 뽑고 달아난 바람 쓰러진 계절, 꽃이 피기도 전에 도복(倒伏)할까 두려웠던 엄마는 아플 줄 알면서도 웃자라는 내 순을 조심스럽게 잘라주고 지지대를 세웠다.

찌는 콩밭 고랑에서 잘린 채 숨죽이는 어린 순들을 보면 꽃눈으로 깜박인 풋 시절이 아슴하다.

웃자란 순을 지르고 나니 한결 가지런해진 칠월의 텃밭처럼 매미 소리 베개 삼아 더위를 순지르는 늙은 엄마의 짧은 오수가 목하, 가지런하다.

호미를 걸며

뿌리를 다치게 하지 않겠다는 약속이다
욕심도 부리지 않겠다는 다짐이다
꼭 한 줌씩만 심거나 뽑겠다는
흙에 대한 예의다
어느 연장이든 손잡이가 있다는 것은
맨손의 불경을 허락치 않겠다는 뜻이다
끝이 뭉툭해질수록
얇아지는 호미 날을 보면
흙도 찌르면 아프다는 것을 알아서
제 살을 조금씩 내어주는 것 같다
처음엔 검은 쇠의 빛깔이
구름을 헤집고 나온
하늘 한편같이 맑고 파릇해지는 것은
무수히 갈고 고른 흙 덕분이다
파낼수록 부드러워지는 흙처럼
둥글어진 호미 끝에
씨앗과 잡초들과 비오는 날의 모종까지

안쪽으로 끌어모아야 사는 것들의
한생이 붙어 있다

가을 헛간에 일별로 걸린
봄 들판의 연장들처럼
투박하고 무딘 등이 겨울을 나는 동안
헐렁한 마디에선 움이 틀 것이다
그건, 맹목적 믿음이다

잘생긴 웃음

슬픔도 틀에 끼우면 반듯해질까

잘 웃지 않았던 사람
가장 잘생긴 웃는 날 하나를 골라서
리본 속으로 들어갔다
핀에 찔린 나비들이 웅성거리는 근황을 듣는 저녁
느닷없는 죽음을 인정하려면
몇 번의 확인을 더 눌러야 할까
간간이 끊어지는 곡(哭),
뒤집힌 신발들을 처마 밑으로 밀어 넣는 눈발들

영정 속 남자가 불러들인 삼일은
엉킨 인연도 삼가, 매듭을 푸는 기간
화투판의 끗발을 지긋이 넘겨다보고 있는 것 같은
호상과 악상의 중간쯤에 핀
반듯한 웃음

어디서 저런 꽃들을 가져왔을까
겨울 마당에 봄 한 대가 정차해 있다
파르르 떠는 나침판의 바늘 끝에
요지부동으로 서 있는 소나무 한 그루
반나절 굉음에 자리를 내준다

수척해진 발인이 흔들거리며 도는 산기슭
만장을 앞세운 요령 소리는 왜 자꾸만 발이 빠지는지
겨울을 깨우던 새들은 다 어디로 갔는지

석양증후군

하루를 반문하며 해가 집니다
어머니의 머릿속은 이제 저녁이 됩니다
저녁을 지나면 밤이 오고 밤엔
너무 많은 별들의 이름을 기억해야 합니다
찌그러졌다 다시 동그랗게 펴지는 달이 뜹니다
동그랗던 어머니가 갑자기
반달처럼, 반을 잃어버리기도 합니다

저녁의 창문을 지납니다
창문은 자주 철렁철렁 내려앉습니다
옛 생각들은 너무 멀리 있고
최근의 기억들은 말랑말랑해서
자주 모습을 바꾸곤 합니다

서쪽은 슬픈 곳입니다
서쪽의 말투로 당부하는 날들이 잦은 어머니가
꽃 지는 저녁을 슬퍼하는 석양증후군

그 서쪽엔 오래 불렀던 이름들이 많고
한낮엔 아직 걱정해야 할
이름들이 많습니다

지붕문서

한겨울에만 자라는 뿌리가 있다
물결무늬 고랑 끝에서 자라나는 투명한 뿌리들
뚝 떼어서 와작 씹으면
이만 시리던,
뿌리가 부실한 사내애들은 곧잘 겨루기를 했다
손 한번 베지 못한 그 맑은 칼싸움으로부터
쨍그랑 잘려 나가기도 하던 긴 겨울

처마 끝에서 자라는 고드름은 뿌리열매다
씨앗 하나 심을 땅 없는
가난한 양철지붕의 겨울 수확
잠깐의 햇살에도 툭 끊어지고 마는
가늘디가는 한철 농사다

고드름도 잘 자라지 못하는 북향집
실로폰 같은 뿌리들이
똑똑 물방울을 떨군다

꽃 밑으로 뻗어 나가는 뿌리 대신
처마 끝에서 고작,
도돌이표로 돌아가는 가난한 음계들

겨울이 흘러내리고 있다
한여름 땅속 열기들이
뿌리 끝으로 빠져나간 흔적처럼
처마 아래 봄을 파종하고 있다
이 뿌리로 겨울을 났다는 소리는 듣지 못했지만
어느 순간 한꺼번에 툭,
떨어져 내리는 소리로 겨울은
거푸집을 깬다

구들장

어린 날, 아버지는 마냥
뜨거운 사람인 줄 알았다
쪼그리고 앉아 불꽃을 빨아들이던 모습은
막 사그라져 가는
별똥별을 입에 물고 있는 것 같았다

아버지 기거하던 방의 구들장을 헌다
연기 새지 말라고 발랐던 진흙
가뭄처럼 갈라져 있고
무병장수를 빌었다는 굵은소금의
부스러진 각질을 본다

뜨거운 불 빨아들이고
흰 연기 뱉어 낼 때마다
긴 한숨의 필터를 빠져나오던 구름송이들
구름송이를 따라가다 보면
수척해진 달이 휘어져 있다

눅눅한 날이면 매운 연기 새는 날 많았던 구들장
온갖 연기 다 마시던 방고래처럼
그 뜨거운 불길 묵묵히 견디던 구들장처럼
몸 안에 난 불길 다 닫아걸고
천천히 식어 간 아버지 손끝에서
노르스름한 별똥별의 후미를 보았다

타다 만 장작이 구들장을 받치고 있다
검게 그을린 돌들
화상 입은 불길의 고래는
구들장 다 헐어도 여전히 매캐하다
매운 연기의 잔영처럼
방 한 칸의 기억이 느리게 식어 간다

햇살 핫팩

한 사내가 나무그늘 아래서 낮잠을 잔다
발목 근처에서 끊긴 그늘
두 발을 햇살이 덮고 있다
어느 사막이라도 걷는 중인지
뜨거운 발이 꼼지락거리고
차가운 발이 오그라든다

어떤 부재가 웅크리고 있는 곳은 추운 곳이다
혹한과 뙤약볕을 번갈아서 건넜을 저 맨발
집으로 걸어가지 못하는
부재의 방향이 여러 갈래로 굳어져 있다
바깥 잠이 길어질수록 드러나는 험상궂은 허물들
직립의 날들을 드러눕히고 사내는
무슨 햇살로 한낮을 건너려는 것일까,

한 줌 바람에도 발을 거둬들이는 사내
이불이란 것이 따뜻한 것만은 아니어서
한여름에는 그늘이 이불이다

소반

소반을 가업으로 삼아 온 소반장이 죽었다
소반장의 손끝에서 태어나 천년을 살게 된 상다리들이
조문하듯 줄 서 있다

호족반 반월반 구족반
임종 직전까지 소반을 만들었다는 재주는 신기해서
하루 세끼 빈 상만 받고도 배가 불렀다는데

피다 만 인동초, 날다 접은 나비
반쪽 날개로는 분향할 수 없어
구부러진 발가락들을 그러모으다
저 혼자 휘어지는 곡(哭),
곁에 둔 것이라곤 낡은 연장들과
다듬다 만 나무들뿐
마지막 작업엔
아름다운 짐승의 족적들만 한데 모였다

소반 위에 앉아 소박하게 웃고 있는 저 노인
새로 만든 소반은 늘 빈 상이었어도
천직으로 삼은 반듯한 상물림
따지고 보면 그는 평생
빈 밥상만 공경하고 산 것이다

빼앗긴 옷

엄마는 한때 나의 가장 따듯한 옷이었지요. 어둡지만 호젓한 연못도 있어서 헤엄치며 놀았어요. 이상하게도 엄마는 거꾸로를 강요했어요. 물구나무를 세워 놓고 책을 읽어 주는가 하면 발 차는 연습도 거꾸로 시켰어요. 어느 날 엄마는 그 옷을 쏙 빼앗아 버리고는 알몸의 나를 세상 밖으로 밀어 놓았죠. 세상의 엄마들이란 참 지독하지 않나요.

창이 닫히더니 사춘기래요. 옷을 껴입기 시작했지요. 아무리 감추려 해도 발갛게 도드라지는 여드름처럼 불쑥불쑥 거짓말이 자라고 두근거리는 모양들이 차올랐어요. 옷이란 옷은 모두 풍선 같아서 언제든 펑, 터질 것만 같았죠.

약지는 반지를 좋아했어요. 옷을 뒤집고 하얀 레이스로 바닥을 쓸어야 한대요. 눈 한 번 감았다 떴을 뿐인데 나는 누군가의 옷이 되어 있었어요. 조금은 불안했지만 나를 입은 아이가 불편하지 않도록 솔기를 잡아 주고 늘 깨끗한 옷이 되려 했죠. 하지만 아이는 곧 나를 찢고 달아나 버렸어요. 찢어진 옷을 수선하는 데는 쓸쓸함만 한 도구도 없죠.

이제 나는 누구도 입으려 하지 않는 헐렁하고 거추장스러운 옷이 되었어요. 늘 한쪽 구석에 얌전히 구겨져 있어야 해요. 어떤 날은 불쑥 못에라도 걸리고 싶지만 벽에는 따가운 눈빛만 빽빽하죠. 아무도 빼앗아간 옷을 되돌려주지 않아요. 쭈글쭈글해진 옷만 자꾸 치켜올리죠.

말표고무장화

그 옛날 아버지의 고무장화를 아시는지, 벗으면 후끈거리는 발의 열기 어느 캄캄한 터널의 냄새가 진동했던 그 검은 장화를 기억하시는지

아버지는 어쩌면 말이 되고 싶었는지 모른다. 무논을 갈아엎던 깡마른 다리 불거진 힘줄에 달라붙던 거머리는 아버지를 빨아먹던 또 다른 흡반 아니었을까

한 번도 말처럼 달려 보지 못하고 아버지는 어느 봄 기어이 맨발이 되었다. 논두렁에 찔러 놓은 낡은 삽자루에 가끔, 밀잠자리만 앉았다 떴다 하다 갔다.

장거리 여정을 마치고 이제 막 시동을 끈 트럭 옆에서 나던 그 먼 길의 냄새, 길에서 수명을 다한 검은 타이어들이 더 이상 구를 곳 없을 때 투박한 발 하나 맞춤한 장화가 된다는 사실을 아시는지

오늘 고속도로 갓길에 산산이 찢긴 타이어를 보면서 무수히 많은 봄날과 여름의 진창을 헤집으며 다니던 말표고무장화가 떠오르는 이유는 아버지, 그 터질 듯 후끈거리던 발의 열기를 아직 잊지 못했기 때문이다.

빨판을 부착시킨 거머리처럼 나는, 붉은 피의 경로를 고정한 채 오랫동안 아버지를 흡입하고 있다.

제3부

페인트공

그에게 깨끗한 옷이란 없다
한 가닥 밧줄을 뽑으며 사는 사내
거미처럼 외벽에 붙어
어느 날은 창과 벽을 묻혀 오고
또 어떤 날은 흘러내리는 지붕을 묻혀 돌아온다
사다리를 오르거나 밧줄을 타거나
한결같이 허공에 뜬 얼룩진 옷
얼마나 더 흘러내려야 저 절벽 꼭대기에
깃발 하나 꽂을 수 있나

저것은 공중에 찍힌 데칼코마니
세상에서 가장 화려한 작업복이다
저렇게 화려한 옷이
일상복이 되지 못하는 것은
끊임없이 보호색을 띠고 있기 때문이다
한 마리 거미가 정글을 탈출할 때
죽음에 쓸 밑줄까지 품고 나오듯

공중을 거쳐 안착한 거미들의 거푸집

하루 열두 번씩 변한다는 카멜레온도
마지막엔 제 색깔을 찾는다는데
하나의 직업과 함께 끝나는 일은 얼마나 아름다운가,
그가 내려온 벽면에는 푸른 싹이 자라고
너덜거리는 작업복에도
온갖 색의 싹들이 돋아나 있다

나무들의 외래어

목재부두 하역장
자국의 소리를 잃은 나무들 배에서 내리고 있다
와르르, 대해를 건너온 파도의 토막들처럼
긴 멀미를 토하며 바닥에 물결치는 원목들
그때마다 나무들의 외래어가 들린다
따뜻한 나라에서 온 부드러운 소리가 이국의 선착장에 깔리는 소리
수백 년 발 뻗었던 열대 우림을 떠나 이제 곧
방역 스팀에 숨구멍이 막힐 나무들을
인부 몇 물끄러미 바라보고 있다

옹이도 없는 저 나무들과 인부들은 국적이 같다 나무를 켜면 흰색이 나온다 흰 이빨을 드러낸 인부들이 톱밥 같은 땀을 흘리며 한 아름의 나무를 옮기면 그들의 몸속에도 질기고 모진 나이테가 생겨 두고 온 뿌리를 찾을 수 있다고 믿는 것이다

바깥보다 환한 안쪽,

손가락 한 마디씩 끊어 먹을 때마다 안으로 접힌 장갑의 빈 마디가 헐렁하다

나이테가 없는 열대의 나무들, 이국에서 이국의 나이를 먹는 중이다

자국의 톱날에 베인 붉은 문신의 나무와
이국의 톱날에 베인 푸른 문신의 인부가
제 영혼의 무게쯤은 거뜬히 견딜 수 있다고
바닥과 지붕과 문으로 다시 태어난다
나무 안에도 바람이 분다
아직 닫히지 않은 새파란 귀와 부드러운 혀가
나무들의 국적을 가르치고 있다

거미의 생존 방식

툭,
늦밤 한 알 떨어지는 소리에 놀라
올려다본 나뭇가지
얽히고설킨 지주망이
저녁 햇살을 거르고 있다
갈참나무와 밤나무 사이
해먹처럼 흔들리는 거미줄
찢어진 곤충의 날개들이
끈끈한 점액질에 걸려
공중을 모자이크 중이다
끈적한 시간들을 뽑아낸 저의 거주지를
사냥 도구로 쓸 줄 아는 거미들은
날개들의 길목을 터득하고 있는 것이다
가끔, 산길을 걷다 한철 거미가 던진
공중의 투망에 얼굴이 걸리는 일 있다
허우적거리는 얼굴로
허공을 휘저을 때가 있다

그때마다 얼굴에 갇힌 내 표정의
낯면들이 버둥거리고 있다는 것을 느낀다
가장 가늘고 여리고 보이지 않는
저의 몸에서 꺼낸 질긴 터득 같은
그 생존의 방식으로
우리는 각자의 얼굴에 거미줄을 친다

굴러야 살지

이른 아침
이슬에 미끄러져 내린 밤알을 보면
새벽 산책을 나왔다가
미처 하늘로 올라가지 못한
별들이 아닐까 생각하지
밤 가시처럼 따끔거리는 하늘의 계시가
철없는 풋 생각들을 단단한 껍질 안에 가두어
밤나무 숲으로 불시착한 것은 아닌지
한철 공중을 배우고
멀리 굴러떨어지는 동안
날카로운 생각들을 빠져나와 마침내
탐스런 밤알로 지상에 떨어진
운석은 아닌지
풋밤 몇 알 주머니에 넣고 만지작거리면
내 물렁한 생각들도 조금씩 단단해져
또르르 산언덕을 구를 것만 같지
구른다는 것은 살아 있다는 것

가시로 무장한 밤송이가
한 방울 이슬에 몸을 열고 뛰어내린 바닥이란
한 번도 출발한 적이 없는 낯선 곳이지만
무성하던 나뭇잎들도 제 색깔을 버리고
바닥에 굴러야 다시 살 듯
뾰족하던 새소리도 한층 둥글어진 저녁,
이 산언덕을 굴러 넘으면
멀리 인가의 불빛이
스산한 가을 창문을
모과 빛으로 비출 것만 같지

환지통

폭염이 기승을 부리는 한여름 오후
모두들 그늘을 찾아서 숲으로 향하고 있는데
뜨거운 흙길 위에 반쯤 잘린
지렁이가 꿈틀거리고 있다
깜짝 놀라 건너뛰고 뒤돌아보니
그 모습이 환지통을 앓는 환자 같다
없는 발목이 가려워 자꾸 발을 뒤척이는 것처럼
꿈틀거리는 모습이 필생을 건 사투다
지렁이가 가고자 한 길이 분명 이 뜨거운
염천은 아니었을 텐데
살고자 한 길에서 누구나 죽음을 맞는 일처럼
오후의 햇살이 맨몸으로 꿈틀댄다
어디쯤 뚝 잘라 버리고 왔을
반 토막이 간지러워 저렇게 꿈틀거리듯
누군가도 저의 일부를 흙속에 묻고
한 몇 달간은 가상의 대화를 나눈다고 한다
그러다가 저 지렁이처럼 꿈틀거리며

껙껙 울기도 한다고 한다

비록 반쪽뿐인 몸일지라도
나뭇가지에 얹어 숲으로 옮겨줄걸
펄쩍 건너뛰고 돌아선 발걸음이 가려운 걸 보면
내 발목에도 환지통이 찾아온 것 같다
그 흔한 털 한 올 없는 미물이지만
사람들은 저 징그러운 몸 하나로
토양의 성질을 가늠하기도 하니
숲 저 건너편은 아마도 환형동물들의
그늘진 역사일지도 모른다

하루살이

더위를 피해 나선 저녁 산책길에
꼭 먼저 길을 나선 무리가 있습니다
나뭇잎 부채를 부쳐도 손사래를 쳐도
저녁의 군무인 듯
일사불란한 휩쓸림입니다

저들은 저녁 무렵의 어스름과 친합니다 희미한 저쪽에, 마지막 어스름을 덮는 것도 저 한 겹의 저녁 빛깔입니다

다만, 입과 항문이 없는 며칠이라고 합니다 생식기도 없이 사는 삶이란 얼마나 다급할까요 나에겐 귀찮고 성가시기만 한 앞지르기가 하루살이에겐 생애 최초이자 마지막 비행일 테니 저 무리 속에서 관혼상제를 다 치를 법도 합니다

그러니 집요함의 선생들이라 하겠습니다
무리를 짓는 일의 본보기라고 하겠습니다
배가 고프다는 것은 현재를 채우고

그다음으로 걷겠다는 뜻입니다

어느 눈앞이 이토록 집요합니까
어느 눈앞으로 달려가 이토록 끈질길 수 있겠습니까
이래저래 귀찮은 산책이지만
어스름만 한 선생도 없겠습니다

고사목

바람의 집결이었을까
죽음의 대피가 모두 모인 듯
한쪽으로만 뻗어 있는 가지들
푸른 귀를 쫑긋거리며 펴냈을 그늘의 한때가
연대 잃은 화석처럼 굳어져 있다
선 채로 죽고 죽은 채로 서서
천천히 말라 갔을 귀들
수피가 벗겨진 몸통에는
바람의 문고리가 달려 있다

갈참나무와 잡목들이
몇 채의 살림을 들고 나는 동안
벗은 몸으로 한사코 기둥이 되는 시간들
죽은 나무에는 죽은 새의 영혼이 앉았다 갈 뿐
죽음의 기억에는 물기가 없다

북쪽으로 휩쓸려 가는 바람

그곳에 가서 죽으려고
북풍이 불어와 초록을 데려가는 것이다
초록 속에다 한겨울 눈보라를 키우는 것이다
깜깜한 잠을 깨우는 저 순백의 나비들
고사목은 한겨울에도
흰 꽃 피는 방식을 안다

좁교

오색 깃발을 지나면서 꽃길이려니 했다
번식은 빈번한 실족이려니 했다
설산이 아래로만 흐르는 짐승이라면
마을의 호흡으로 태어난 좁교는 무더운 짐승이다
한 마리의 냉온을 분리해서 만든 짐꾼들
히말라야 쿰부에 가면 궁극을 타전하는 동물이 있다
태생(胎生)이라는 것이 때로
난생(卵生)이나 화생(化生)보다도 비루해서
번식의 본능마저 거세당한 당초의 멍에는
평생의 굴레다

흔들리는 다리, 펄럭이는 룽다*
바람 소리 말고는 그 어떤 소리도 태우지 않는 바람의 말
발굽 소리만 요란하게 협곡을 내달릴 뿐
형체는 세상 밖으로 날아간다

---

* 티베트 사람들이 가족의 안녕과 소망을 적은 오색 깃발

등에는 오로지 짐,
허공 한번 치받지 못하는 측은한 뿔
설산은 매일의 고행이려니 했다

사람의 숨소리로 살구꽃 피고 지는 마을
살구나무 아래 좁교가 꿈속이려니 쉰다

딱정벌레들

딱정벌레가 딱정벌레를 업고 있다
썩은 나무토막에서 막 빠져나온 포만의 등
커다란 트럭에 실려 가는 포클레인같이
엉거주춤 업혀 있지만
저 투구 한 쌍
공사 중이다

지금은 가만 귀를 기울일 때
중장비는 필요 없다
꽃필 때를 기다려 유충을 잉태하면 그뿐,

꽃피는 기한에서
꽃 지는 기한까지
엔진 소리도 없이 오로지 수작업으로
오솔길을 불러들이고
나무들을 키우는 숲속 일꾼들

교미 끝난 벌레가 각자의 길로 사라졌다

세상에서 가장 느린 공사 기한
생태공원 일꾼들은
평생과 평생을 교대 근무 한다

딱딱한 껍질 안에 숨겨진 딱정벌레들의 숲속 공사
첩첩산중 분해 중이다

바닷속 우체국

성세기 해변에 가면 수중 우체국이 있다
금어기에 맞춰 문을 여는 바다 우체국은
해녀들이 집배원이다
젖지도 번지지도 않는 문자들
발신국 소인으로 찍힌 흰 돛과 풍향계는
거센 파도에도 방향을 틀지 않는다

수중 우체국에서 배달되는 엽서들은 회귀어류다 치어를 떠났던 물고기들이 힘찬 꼬리와 지느러미를 달고 먼 해협을 돌아 다시 제 본적을 찾듯, 육지를 출발해서 바다 깊은 곳을 헤엄쳐 다시 육지의 주소로 돌아오는 물고기문자는 민물의 냄새를 우표처럼 붙이고 연안에서 풍천으로 그리고 깊숙한 내천까지 물줄기가 배달하는 싱싱한 엽서들이다

모양은 버리고 소리만 소라 껍질 속으로 들어가
밤이고 낮이고 찰싹거리는 파도처럼
제주 성세기 바다에는 빨간 깃발 펄럭이는 수중 주소가

있다

여울의 번지를 찾고
수중보의 어로를 따라
강을 떠나도 강물을 그리는 산천어처럼
민물과 바닷물을 왕래하며
회귀어류들의 답신을 산란하는
물고기 집배원이 있다

족족 붙어 있는 자산어보

머리에 새끼 키우는 교육열을 보셨는가,
위험하다 생각하면 곧바로 주변 색을
갈아치우는 것은 모계 생존 방식
비늘 없고 가시 없다고 미천하다 여기신다면
두족류(頭足類)에 대한 먹물 같은 오해

머릿속에서 이미 머리를 가르쳐
한 머릿속을 다 배우고 나서야 뭍에 오르니
이는 열혈극성을 갖고 있다는 뜻
그들의 교육열에 비하면 배 속 태교는 얼마나 미진한가,

봄 주꾸미는 왁자한 어족이다
그 중 별미라는 알
혹자들은 이를 일러
밥알이라고도 사리 같다고도 하는데
그것은 동종에서도 가장 치열한 주꾸미의
훈육을 저도 모르게 다그친 맛

유연한 근본과 본능적 접력
이때다 싶으면 순식간에 불을 끄는 능수능란
이처럼 고매하고 뛰어난 교육이 어디 있을까
알의 후계는
거스르지 않는 바다의 이치
때가 되면 질퍽한 속살도 훤히 내보이는
밀물과 썰물의 교훈 아니겠는가,

위장전입도 물개 즙도 필요 없는
외계 생명체 같은 주꾸미의 외계 학습법
준어(鱒魚) 취급으로 붙어 있는 자산어보 한 장이
빨간 고무 통 안에서 족족(足足),
발화(發花) 중이다

오동집

오류동 기찻길 옆 수선집에는 배냇 웃음을 가지고 나온 여자가 있다. 한여름 이파리 뒤에 숨어서 까맣게 익어 가는 오동나무 열매처럼 간간이 드러나는 삐뚤어진 웃음, 그 옛날 증기를 내뿜으며 출발하던 증기열차처럼 뭉툭한 옷 선을 마무리하는 스팀다리미는 그녀의 오랜 직장이다.

유행 지난 코트, 찢어진 청바지도 감쪽같이 수선하지만 아무리 고쳐 웃어도 헐렁하기만 한 그녀의 웃음, 치맛단을 즐겨 줄이는 생머리도 수선 불가 민머리도 오동집을 말할 땐 입삐뚤네 그런다. 한번은 삐뚤어진 입도 수선했으면 오죽 좋겠냐고 해서 골목이 한나절 쫙 펴졌다는데, 삶도 죽음도 그녀의 재봉틀에선 한낱 천 조각일 뿐,

오동집 앞에는 죽다 살아났다는 오동나무가 있다. 그늘이 넓어서 쓸쓸도 긴 오후, 새들은 죽은 가지도 마다하지 않고 햇살을 물어 나르지만 햇살은 푸른 소란을 다 박음질하고서야 그늘을 꺼낸다. 자투리 시간도 한 땀 한 땀 잇다 보면 그

럴듯한 나무로 열매까지 맺는다는데

입삐뚤네 얼굴에는 새들이 산다. 청실의 부리와 홍실의 날개가 하루에도 수백 번 밑실을 뽑아 올리며 짹짹거린다. 불편도 수선하면 새것이 될까, 장롱에 처박힌 거북한 옷들도 오동집에 오면 어깨를 편다.

회귀 보고에 관한 진정서

내 친구 숙이는 대청도 옆 소청도가 고향인데요, 바다가 싫고 갯내가 지겨워 중학교 졸업하고 무작정 육지로 향하는 배에 몸을 숨겼다는데요, 시집간 언니 집에 얹혀 눈칫밥 삼 년 만에 가까스로 고등학교를 졸업하고 동창도 선배도 아닌 하필 조카 친구와 눈이 맞아 스무 살에 덜컥 애부터 낳고 말았는데요, 홀시어머니에 손위 시누이가 셋, 나이 어린 남편이랑 살자니 속 뒤집히는 일이 소청 앞바다 파도보다 거칠고 잦아서 아들이 아니었다면 수백 번은 더 되물리고 말았을 거라는데요, 그렇게 삼십 년을 견뎌 온 숙이가 어느 날 느닷없이 소청도행 배에 올랐다는 거예요.

문만 열면 철썩이는 파도와 갯바위와 바람이 아니더라도 어느 결에 퇴화된 지느러미며 꼬리가 슬그머니 되살아나 바닷속을 유영하는 물고기가 되고 말았다는데요. 제 몸 어디에 그렇게 반짝이는 비늘과 아가미와 아름다운 지느러미가 숨어 있었는지 모를 일이라며 육지에서 산 세월은 그저 물 밖에 나온 물고기처럼 파닥이는 세월이었다고요, 그 시간들을 바다에 풀면 소청 앞바다 우럭이랑 노래미는 말할 것도 없고 바위틈 해삼이며 우렁쉥이 심지어 꺽주기까지 일제히 바위 위로 올라와 구명 운동을 벌일 거라고요. 그래서 요즘 바다로 보내는 진정서를 작성 중이라 당분간 연락이 어려울 거라네요.

제4부

깃발

찢어진 깃발 끝에
바람이 매달려 있다
오랜 비상을 끝낸 새의 꽁지처럼
제 끝을 갉아먹으며 달리고 있다
나부끼는 올마다 어린 꽃잎들의 아우성
몇 가닥 폐 울음이 절정이다
긴 겨울도 넘치는 논물도
날아가는 새의 꽁지로 빠져나간다

깃발은 오래된 새의 조상인가
어떤 새가 저렇게 바람 사이를 뚫고 날아다닐 수 있나
깃발의 일이란
바람 속에서 바람을 견디는 것
때때로 방향을 바꾸어 사방으로 날려 보지만
떠도는 이름들은 정처가 없다

깃대를 움켜쥔 깃발이 바람을 버리고 있다

찢겨져 나간 조각들은 다 어느 별로 돌아가
구멍 난 날개를 깁고 있을까
편서풍에 실린 환청이
부운 얼굴로 떠돌다 간다

돌을 웃기다

웃음 한 번 웃는 데 천 년이 걸리는 얼굴을 보았어요.

오래전 사람들은 저 웃음을 화난 얼굴로 기억하겠지요. 이끼를 아시나요. 투박한 표정 하나 웃게 하려고 정 붙일 데 없는 돌을 기어오르는 녹음의 손가락들, 눈비바람별 온갖 꽃들이 살랑거린다 한들 손가락 간지럼만 할까요. 석상 발끝에서 생겨 몇백 년씩 기어오르는 이끼가 아니었다면 어떻게 돌이 웃을 생각을 다 했겠어요 그저 스쳐 지나는 것들에게 공을 돌리기엔 돌의 미소가 참 묵직하지 않나요.

이쯤이면 저도 표정을 바꿔야 한다고 생각하지 않았을까요. 오래 지키면 부릅뜬 마음도 가물가물 사라지고 말까 봐 돌부처도 살살 발가락을 움직였을 거예요.

내 얼굴에는 얼마의 시간이 살고 있는 것일까요. 어느 간지럼을 출발해서 지금 막 도착해 있는 웃음 하나, 생각해 보면 오래전에 잃은 나의 다른 이름은 아닌지, 돌아갈 궤도를 생각하면 표정 하나도 함부로 고쳐 짓지 말아야 해요.

양지바른 무덤 옆에 햇살 찡그리듯 웃고 있는 석상이 있어요. 몸이 무덤인지 무덤이 몸인지 한자리에서 천 년, 자심(慈心)이 흘러 눈꼬리가 흐릿해요.

셔틀콕

어느 방심을 공중에 띄워 놓고 헛손질할 때가 있다. 날아오른 것인지 떨어진 것인지 출처가 모호한 날개들. 궤적을 벗어난 새의 깃털은 고작 먼지로 늙지만 어떤 날개는 빈 화분에 박혀서도 꼬리를 까딱거린다.

잘못 날아온 공에는 마무리 짓지 못한 점수가 있을 것이다. 이를테면 무리를 놓친 철새의 부주의한 이탈 같은 것,

계절 밖으로 튕겨 날아갔던 새들은 봄이면 돌아오지만, 랠리를 이탈한 새는 잘못 날아간 거리를 되돌려야 다시 날 수 있다. 미세한 바람에도 파르르 깃털을 떠는 서브. 날아오는 속도를 놓치지 말아야 주도권을 잡는 공중 경기처럼 적당한 간격이 관계를 지속시킨다.

네트 없는 공터에서 그만 잘못 던져진 공이었던 적 있다. 풀숲이었던가 물웅덩이였던가, 그때 궤도를 이탈한 새들은 나를 돌아보았던가, 날아갔던가

깃털이 파닥거리고 있는 지붕에 새 한 마리 휙 바람처럼 날아간다. 저 날렵한 날개는 누가 친 서브일까, 떨어져 죽은 새나 첫 비상으로 날아오른 새나 다 누군가 받아치거나 놓친 셔틀콕,

여자만

여자도 여자만에 가면
무성한 갈대숲을 배꼽 삼아 흘러나간
길고도 부드러운 갯벌을 만나지
가느다란 허리와 풍성한 가슴의 여자가
갯골에 누워 있지
부리도 없는 새꼬막과 바지락들이
해안선처럼 아름다운 물결을 몸에 두르고
여자만 연안을 관리하지
망망대해를 등에 업고
광활한 갯벌과 내해를 관리하는 것이
사람도 문명도 아닌 고작
바지락과 꼬막, 멸치와 전어 같은
회유성 어족들이라니
거대한 무리로 반짝이는 멸치 떼를 보면
그 옛날 바다의 용이었다는 미르가
은빛 불기둥을 뿜는 것만 같지

저 질퍽거리는 갯벌 어디에
반짝이는 비늘들을 품고 있기에
회유어족들은 한결같이 은빛으로 찬란한 것인가
여자만에 와서는 어떤 탁류도 정화되지
물고기만 반짝이는 것이 아니라는 듯
하얗게 풀어헤친 갈대꽃 숲 사이로
일제히 날아오르는 철새들의 군무
오후의 문을 열고 마실 나온 황발이 가족들이
붉은 집게발을 치켜들고 환호하지
갯벌은 서식을 낳고
서식은 갯벌을 키우는
저 무한한 생태 순환의 법칙
여자는 몸이 따수워야 혀,
꼬막 캐던 여자가 허리를 펴면
점토질의 허벅지가 장어처럼 꿈틀거리지
콧등이며 뺨에 묻은 침전이
여자를 관리 중이지

연대를 옮겨 피다

해안가 흘러내리다 굳은 절벽
가라앉으면서 쌓인다는 모순의 지층을 본다
딱딱하게 굳은 수 세기 전 시간들
청잣빛 물결 층층이 잠언이다
언젠가 물이 흘러들어와
휘몰아치다 새어나간 흔적
와류였는지 짐승의 울음이었는지
절멸하듯 깎아지른 절벽

고고학자들은 몇 센티 줄자로
수만 년 전의 생몰을 연대하지만
화석은 발견되는 순간 수 세기를 이동한다
움푹 파인 발자국
알을 낳아 놓고 물가를 거닐었을 짐승이 재빨리
제 울음을 묻었을 것이라는 추측이
찰칵찰칵 찍힌다

꽃들은 연대를 따지지 않는다
지층 사이 애기똥풀 꽃
바람조차 스밀 수 없는 돌 틈을
아무렇지 않게 옮겨 다니며 핀다

가장 최근의 풀꽃 연대기에서
누군가 뛰어내렸다
웅성거리는 소리들, 퇴적 중이다

해녀들

푸른 수면(水面)에 행성 몇 개 떠 있다
풀 한 포기 바위 한 덩이 없지만
한 사람 필사적으로 매달려 살기엔 맞춤한
물위의 별들
우주 밖을 유영하는 탐사선처럼
무중력을 수리 중이다

나잠어법엔 숨 참는 기술이 우주복이다
아가미를 빌려 발굴하는 별의 잔해들
외계 생명체 같기도 무슨 혹 같기도 한
시원한 맛의 시원(始原)이 작은 분화구에서
촉수를 뻐끔거리고 있다
빗창 하나로 수중 텃밭을 다 일궈도
해녀들이 들어간 바다는 감쪽같이 오리발을 내민다

대기 밖을 떠돌다가도
어획이 풀리면 다시 둥둥 떠오르는 별들

여자 팔자 뒤웅박이라지만 물속처럼 참고 살다 보면
테왁 없이도 달뜨는 날 있을 거라고
포말로 뱉어 놓은 새하얀 숨비소리
해녀들은 시집갈 때
수심도 함께 데리고 간다
납덩이 같은 중력에 이끌려
젖은 채로 피고 젖은 채로 늙는다

입어관행(入漁慣行) 다툼도 없이
각자의 행성을 등에 지고 걸어가는
구부정한 해녀들
축축한 물 자국을 따라가면
으슬으슬 춥던 수다들이 왁자지껄 마르는
불턱*이 있다.

* 해녀들의 간이 휴게소

꿈틀,

가문 밭에서는 오이도 비틀어진다. 시든 줄기 끝에서 꿈틀, 몸 한번 틀었을 뿐인데 볕은 순간을 굳힌다. 채소들이 웅크리거나 휘어진 것은 모두 물을 찾는 몸부림일 것이다. 일직선인 밭고랑도 자세히 보면 물이 많은 쪽으로 휘어져 있다.

봄에 로터리를 치는 트랙터도 물의 방향으로 살짝 방향키가 돌았을 것이다. 휘어진 꽃은 없는데 열매들이 저렇게 휘어진 것은 비틀리면서 떨어진 꽃의 갈증을 기억하기 때문 아닐까

휘어진 열매와 비틀어진 채소들, 아무도 돌아보지 않을 때 고랑은 제 물기를 모아 젖을 물린다. 그 밭에서 평생을 보낸 어머니도 허리가 휘어져 있다. 우주가 꿈틀, 휘어진 것들로 은혜를 거둬들이고 휘어진 것들로 뭉클하게 한다.

여주

자잘한 뿔이면 아무 데서나 튀어나와도 되나
속없이 살 것도 아닌데
겉으로 다 밀어내는 생각들

어떤 속을 오해한 적 있다
뿔을 가졌다고 경계하는 건
외관에 대한 편견
무슨 생각인지
다 버리고 간 빈집 울타리를 붙들고
여주가 익는다

저것은 불, 혹이다
어떤 불혹이 이처럼 화끈할 것인가
뿔난 생각들을 모조리 내몰고 나니
탱탱한 씨앗만 남았다는 듯 속 열어 보인다
빈집 문간도
속없이 겉으로만 사나운 여주도

가을 낮잠처럼 고요하다

어떤 사람도 속에 뿔난 사람 없듯
온몸에 돋은 저 뿔도
여주의 속내는 아닐 것이다
빨갛게 익은 만삭의 자루
바짝 약 올라 있는 청서지갈(淸暑止渴)이
빈집을 지키고 있다

찬물

그립다는 말이다
여차하면 꽁꽁 얼어 버리겠다는
냉정한 의중이지만
사무치게 얼었다가
서서히 녹았다는 증거다
먼 우주도 지구가 그리우면
별빛으로 지나가거나
눈송이로 펑펑 쏟아지듯이
그리하여 한 대접 찬물로
장독대에 놓이기도 하듯이
흰 꽃으로 무장한 저 눈송이들도
누군가의 그리움이 만든
갈 데까지 간 결정체다
내리다 머문 곳이 다 저의
운명자리라는 듯
글썽이는 눈꽃들을 보라
그리움도 식으면

찬물이 된다

그 찬물 마시고
속이나 차리라 한다

탁본

싸락눈 내린 아침
고양이가 지나가고 족제비가 지나가고
그 위론 얇은 햇살이 지나가고

흰 화선지 한 장 덮인
텃밭 위로
시린 족적들 음각(陰刻)으로 찍혀 있다
누가 밤새 서진(書鎭)을 눌러 놓았나,
빈 옥수수 대궁이 드문드문 솟아 있는 밭두렁 한 장
아무리 가벼운 화선지라도
금방 날아가진 못하겠다

한낮의 수묵적요(水墨寂寥)
그림자로 날아가는 기러기들
공천의 주인은 가끔
지상의 흔적들을 보려고
얇고 쌀쌀한 종이 한 장 덮어

탁본을 뜨는 것이다

한나절 만에
햇살 손으로 확 구겨 버리지만
겨울은,
그 원본을 잘 바꾸지 않는다

향일암

마당 끝에 물을 두고 있는
산문(山門)의 기와들은 파도를 닮았다
가파른 계단을 오르다 보면다 닫고 오라는 듯
입과 귀와 눈을 막은 불상들
간신히 몸 하나 비집을 수 있는
석문을 통과할 때마다
몸은 저절로 낮아진다
일곱 개의 관문을 통과해야만
비로소 만나는 관음전
낮아지라고 더 겸손하라고
머리를 낮추고 몸을 숙일 때마다
하나씩 줄어드는, 넘치던 호흡들
몸에 든 이 병도 다 뜻이 있었겠거니
쫓아내려 하지 않고 다만
묵묵부답으로 보듬고 가엾게 여기다 보면
저도 내가 가여워 물러나겠거니
좁고 어두운 석문을 통과할 때마다

움츠리는 부피들과
멀리 바다를 향해 도열하듯 서 있는 거북들
모두 한 태양으로 눈 뜨고
한 달[月]로 잠드는 인연들이니
살고 또 죽는 병으로
우리는 모두 동병상련인 것이니

정점

통도사에서 내려오는 길, 늙은 소나무 한 그루
길 건너편으로 비스듬히 누워 있다
터널이라도 만들 요량인지
중간쯤에서는 부드럽게 휘어져 있다

이쪽에서 저쪽으로 건너가고 있는 것들은
다 균형을 맞추고 있는 것이다
구불거리는 산길 어디쯤에서 만나는 불빛
그 불빛을 기점으로 잠시 생각이 엇갈리는 것도
밀고 당기는 어떤 팽팽한 힘이
정점을 사이에 두고 있기 때문이다

영험이란 모자란 것을 미리 알고
슬쩍 밀어 주는 것이 아닐까
저 소나무가 건너편으로 자꾸 기우는 것도
늙은 나무의 득도일 것이다
문밖의 시간을 채근하여

우주의 중심을 분간할 수 있게 하는 소나무

정점이란 비어 있는 쪽으로
슬그머니 무너져 주는 자비라는 듯
긴 허리 뻗어 슬몃,
터널을 만들고 있다

가을 길들이기

그 가을 우리는
이름 모를 묘지 옆 양지에서
나뭇잎들이 떨어지는 모양을 지켜보며
다정과 소슬함이 편편한
계절을 떠나보내고 있었다
흰 포물선을 그으며 사라지는 비행기와
해저(海底)와 같은 파란 하늘과
열중하는 새소리들과
신발 등에 기어오르는 무당벌레들과
어느 것 하나 내 것 아닌 것도 없었지만
그 무엇도 온전한 내 것은 없었다
온전한 사람이 없었으므로
온전한 하루도 없어
저녁밥을 걱정하는 소소한 일상 따윈
우리의 소관이 아니었다.
설정해 놓은 듯 똑같은 안부들이
난전파의 공중을 따라 날아온 새처럼

못등 위의 시간을 늘여 놓을 뿐,
누구도 빨리 집에 가야겠다는 이는 없었다
애초에 길들일 수 있다고 믿는
막바지는 없는 것일까
제풀에 살고 죽는 것들을 하나하나 배우며
여기까지 길들여져 왔음을 안다
가을은 늘 제 속으로 고개를 끄덕여
자인(自認)하는 계절일지도 모른다

해설 · 시인의 말

해설

존재의 내부를 들여다보는 힘

성영희 시집에 붙여

방민호(서울대 국문과 교수, 문학평론가)

1

필자가 성영희 시인의 시를 처음 접한 것은 「미역귀」를 읽었을 때다. 미역은 우리에게 너무나 익숙한, 생활에 밀착해 있는 바다 식물이다. 낯익은 것, 가까이 있는 것은 낯설고 먼 것만큼이나 시가 되기 어려운 것 아니던가? 그런데 필자는 「미역귀」에서 분명 살아 있는 시를 보았고 이 시를 쓴 시인은 분명 시의 묘리를 알고 있는 사람임에 틀림없다 생각했다.

그는 그냥 미역이 아니라 '미역귀'를 가지고 시를 쓰는데, 이 미역귀란 '미역 대가리'를 가리키는 것이고 미역으로 하여금 바닷속 밑바닥에 몸을 붙이고 살아갈 수 있게 해주는 '머리' 부분이다. 왜 이를 가리켜 우리네 사람들이 '대가리'라는 '험한' 말 대신에 머리도 아닌 '귀'라 했는지 알 수 없지만 이 독특한 명명법은 성영희 시인의 시적 상상력을 날카롭게 자극했던 것으로 보인다. 그리하여 시의 아름다운 첫 구가 탄생한다. "미역은 귀로 산다". 미역줄기들은 자신의 "귀"로 바다 밑 바위에 뿌리를 내리고 살아간다. 그리하여 이제 미역은 다시 이렇게 정의 내릴 수 있다. "깜깜한 청력으로도 파도처럼 일어서는 돌의 꽃". 미역은 "깜깜한 청력"을 가지고 바다 밑으로부터 파도 이는 수면을 향해 "일어서는" "돌의 꽃"이 된다.

그런데 이 미역은 물론 바다 밑 바위 같은 것에 뿌리 내리고 살지만 물결에 휩쓸려 바위를 떠나 파도 위로 떠올라 유영하는 때가 있다. 그러면 미역은 수중에서 일어서는 꽃이기를 끝내고 수면 위에 물결의 모습으로 떠다니는 이파리가 된다. 이를 시인은 "어지러운 소리들은 수면 위로 올라와" "물결이 된다"라고 표현했다. 또 이렇게 미역줄기들이 바다 물결 위에 떠올라 있는 모습을 두고 시인은 "잠에서 깬 귀들이 쫑긋쫑긋 햇살을 읽는다"라고 한다. 이 시의 마지막 행은 이제 이 미역줄기가 사람들의 손에 이끌려 뭍으로 나와 마른 미역줄기가 된 모습을 그려내고 있다. 마지막 연은 다음과 같다.

물결을 말리면 저런 모양이 될까
햇살을 만나면 야멸치게 물의 뼈를 버리는
바짝 마른 파도 한 뭇

이 연은 성영희 시인의 기발한 은유적 상상력에 관심을 갖지 않을 수 없게 한다. 즉 여기서 화자는 미역줄기는 곧 "물결"이라고, "물결"을 말려 놓은 것이라고 말한다. 시인은 말려 놓은 미역줄기의 물결무늬 같은 모양에서 "물결"을 보고, 생 미역줄기가 바다 물결에 떠다니던 '견내량'의 모습을 떠올리고, 그리하여 이 바다에서 건져 올려진 미역줄기는 마치 "물의 뼈"를 버리고 "햇살"에 "바짝 마른 파도 한 뭇" 같다고 생각하는 것이다. 여기서 미역줄기는 "물결"에서 나아가 다시 "바짝 마른 파도"라는 이차적 은유로 표현되고 있음을 본다.

은유적 상상력이 시에서 얼마나 중요한 역할을 하는가는 재언할 필요가 없지만, 그럼에도 우리들의 동시대 시들은 기초를 잃어버리는 경우가 너무 잦다. 이 시대 시는 리듬을 '아예' 잃었고 은유 또한 상당 부분을 잊어버렸다. 그래도 이 시대 시를 시로 유지시켜 주는 것은 그나마 은유일 테지만 이것이 우리들이 '시'라 불러온 전통에 살아온 그대로, 물상들에 생명적 힘을 불어넣는 경우는 흔하지 않다.

사람들이 예로부터 미역의 '뿌리' 부분을 미역귀라 불러온 것은 그 부분이 사람의 귀를 닮았기 때문일 것이다. 시인은 생활 속에 스며든 이 시각적 은유를 수용하여 자기 것으로 만들고 이로부터 미역줄기를 잃어버린 바위를 "난청을 앓는다"고 표현하고 또 물위로 떠오른 생 미역줄기는 다시 "물의 갈기"라고 했다. 또 그것은 그 음률적인 곡선미 때문에 "파도가 지날 때마다" "온몸으로 흘려쓰는 해초들의 수중 악보"가 되었다가 마침내 뭍으로 올라오면 "쫑긋쫑긋" "햇살"을 받는, "귀"를 가진 "파도 한 뭇"이 되기도 한다.

비유, 그중에서도 은유는 아름다울 뿐 아니라 시를 시답게 만드는 가장 중요한 기제이자 매체다. 이를 통하여 사람들은 눈에 보이고 귀에 들리는 표피적, 표면적 세계의 이면으로, 물상들의 내부 세계로 들어간다. 미역줄기가 사람처럼 듣고 물결을 제 몸에 새기며 춤추고 햇살에 제 몸을 말리는 줄 어떻게 알 수 있나? 바로 은유적 상상력의 힘을 통해서다.

2

사다리를 타고 혹은 밧줄에 매달려 페인트칠을 하는 사람들의 모습이 현대 생활의 익숙한 풍경을 이룬다는 사실쯤 모르는 사람 없다. 이 낯익은 풍경에서 페인트공은 당연히 주인공이기는 하지만 가벼운 놀람 이상으로 그의 존재를 부각시켜 보려고 생각하는 사람은 많지 않다.

성영희 시인은 이 페인트공을 자신의 시의 전면에 출연시키는데, 처음에 그 방법은 페인트공은 거미 같은, 또는 거미 그 자체라는 어렵지 않은 직유적, 은유적 상상력을 통해서다. 하지만 이 쉬운 듯한 상상력 속에서 '한갓' 노동일 하는 사람에 불과한 페인트공은 마음속에 어떤 염원을 가진 존재로 새로운 생명을 부여받는다.

그에게 깨끗한 옷이란 없다
한 가닥 밧줄을 뽑으며 사는 사내
거미처럼 외벽에 붙어
어느 날은 창과 벽을 묻혀 오고
또 어떤 날은 흘러내리는 지붕을 묻혀 돌아온다
사다리를 오르거나 밧줄을 타거나
한결같이 허공에 뜬 얼룩진 옷
얼마나 더 흘러내려야 저 절벽 꼭대기에
깃발 하나 꽂을 수 있나

—「페인트공」 부분

이 한 부분만으로도 시 속의 페인트공은 자신의 모습을 거미와 같이 '외줄'을 타는 존재로서, 또 그러면서도 "깃발"

을 꿈꾸는 사내로서, 그 살아 있는 존재의 질감을 사람들 앞에 나타낸다.

시적 대상을 이처럼 외관만으로 존재하지 않게 하는, 그 이면의 살아 있음을, 생명 가진 존재로서의 유동성, 그 흐름을 드러낼 수 있는 마법을 가리켜 비유, 그중에서도 은유라 할 수 있다면, 다음의 시를 그와 같은 맥락에서 재음미해 보는 것은 어떠한가?

무쇠들, 화덕 앞에 몰려 있다
강한 것 같지만 연하고 푸르스름한 살을 가지고 있는 쇠
잘 벼린 낫날은 무쇠의 가장 깊은 살이다
뼈가 살을 베는 것은 본 적 없으나
살은 살을 벨 수 있는 것
투박한 모루에 불꽃으로 상기되는 소리들이 박혀 있다
연약한 속을 끄집어내는 불꽃과
두드릴수록 가늘어지는 비명들
펄펄 끓는 불의 의중에 따라 길들여진 것이
연장의 모양이라면
불꽃은 가늘고 긴 계절을 불러내는 혀다

불의 뼈를 두드리는 사내가 있다. 창을 열면 가까이 와 있는 국적 없는 별들, 낮 동안 쏘아올린 불꽃 중 어느 하

나는 아주 먼 곳까지 튀었을 것 같다

자루 하나 끼우면
끼니가 되거나 공사가 되기도 하는 쇠의 근성
쟁기질을 하는 사람과 칼을 휘두르는 사람은 모두
뜨거운 손잡이를 쥐고 있는 것이다
검은빛을 다 버린 다음에야
다시 번쩍거리는 연장의 공식

날아가지 않고 부리로 들어가서
뼈가 되는 불꽃들
어린 새 한 마리가 푸른 불꽃 속에서 파닥거린다

—「연장의 공식」 전문

이 시가 모습을 나타내기 전에 시인은 먼저 쇠를 벼려 연장들을 만드는 대장간 앞에 서 있었을 것이다. 거기서는 아무 감동도 선사하지 못할 것 같은 무쇠들이 장인의 손을 거쳐 무엇인가들로 변신하는 '마법'이 상연되고 있었을 것이다. 그 대장간 광경을 노래한 것이 이 시인데, 여기서 이 시의 화자는 "무쇠"를 가리켜 "강한 것 같지만 연하고 푸르스름한 살을 가지고 있는 쇠"라고 말하고 있다. '쇠' 속에서 '살'을 본다 함은 쇠를 무표정한 물질 아니라 어떤 생명을 품고 있는 것으로 본다는 것이다.

쇠를 살로 '치환'하는 이 은유적 상상력이 이 시의 요체라면 요체인 것이어서 "잘 벼린 낫날은 무쇠의 가장 깊은 살"이 되고 이러한 상상력의 연장 속에서 "불꽃은 가늘고 긴 계절을 불러내는 혀"가 될 수도 있고, 그 "푸른 불꽃 속에서" "어린 새 한 마리"가 "파닥거"릴 수도 있다. 이처럼 이 시는 딱딱하고 표정 없는 무쇠를 부드럽고 살아 있는 살로 보는 은유적 상상력을 통하여 무쇠가 낫 같은 온갖 연장이 되는 경이로운 과정을 포착한 것이다. 이 시집에 수록된 시들의 창작방법으로서 은유의 힘을 새롭게 보게 하는 수작이라 할 만하다.

은유가 성영희 시인의 시 창작의 근본적 동력을 이루고 있음을 보여 주는 시의 하나로 다음과 같은 작품을 꼽아 볼 수도 있다.

> 겨울 산, 수련대는 계곡을 따라가다 보면 물고기들의 을씨년스러운 잔등을 만난다. 꼬리는 하류 쪽으로 꿈틀거린다. 깡마른 나무들이 직립으로 견디는 가잠의 시간들, 고드름이 가시처럼 흘러내리고 있다. 폭포는 떨어지는 소리들로 얼지 않는다. 튀어나간 물방울들만 빙벽으로 미끄럽다. 뼈를 드러낸 물고기의 잔등처럼 잎 다 떨어진 나무들이 일렬로 서 있는 산등성이

나무들의 귀는 일년생이다.
어떤 소리가 저렇게 앙상하게 남아 저희들끼리 입을 만드는가,
수백 년 동안 자란 물고기들이 산꼭대기를 헤엄치고 있다.
능선 지느러미 겨울을 달리고 있다.

물고기들의 조상은 앙상한 나무들이 줄 서 있는 저 산등성이다. 얼음장 밑에 귀를 대 보면 넓은 대양의 물이 가는 줄기로 흘러내린다. 봄부터 여름까지 가득 찼던 푸른 정맥을 닫아 버리고 앙상한 팔로 바람을 겪는 지느러미들

아무리 작은 물고기라도 몸속에 가시를 숨기고 있듯 겨울 산, 그 끝없는 능선 속에는 헤아릴 수 없는 잔가시들이 공중을 향해 자라고 있다.

활시위를 당기듯 겨울 숲을 당기는 팽팽한 바람에 능선 하나 걸린다. 꿈틀거리며 물살을 타는 지느러미들, 겨울이 느리게 날아가고 있다.

—「겨울 숲」 전문

이 시는 겨울의 숲에서 "물고기"의 모습을 본 것이어서 그 의미가 더욱 각별하게 느껴진다. 보통은, 나무들 어울려 사는 산과 물에서 사는 물고기는 아주 이질적인 존재들이고

따라서 서로 어울리기 어렵다고 생각하게 된다. 그러나 시인은 나무로 물고기를 깎아 만들 듯 겨울 산 나무들의 형상 속에서 물고기의 모습을 보았고 때문에 "아무리 작은 물고기라도 몸속에 가시를 숨기고 있듯 겨울 산"이라고, 또 "그 끝없는 능선 속에는 헤아릴 수 없는 잔가시들이 공중을 향해 자라고 있다"고도 노래할 수 있다.

이처럼 높은 은유적 감지력으로, 시인은 자신의 과거 어느 때 삶을 가리켜 "네트 없는 공터에서 그만 잘못 던져진 공이었던 적 있다"(「셔틀콕」)라고 하였으며, 흙길 위에서 몸부림치는 지렁이를 가리켜서는 "환지통을 앓는 환자"(「환지통」)라고 하였다. 이 시집은 이러한 은유적 의미화 과정을 다양한 모습으로 보여 주고 있으며 그 각각의 양상을 살펴보는 것이 이 시집의 총체적 의미를 읽어내는 과정으로 통한다.

예를 들어, 시인은 '종'을 가리켜 "누군가 문간에 걸어둔 모자 같다"(「종」)라고 하고, "아귀의 이빨은 창살이야"(「아귀」)라고도 하였다. 나아가 시인의 관찰적 상상력은 은유를 넘어 환유로까지 이어져 "엄마는 한때 나의 가장 따듯한 옷이었지요."(「빼앗긴 옷」)라고도 하였으며, 아버지의 기억은 "말표고무장화"에 연결되며(「말표고무장화」), '오동집'에서는 "삐뚤어진 웃음"(「오동집」)을 발견하기도 한다.

3

이 시인의 은유적 능력, 그 감지력, 관찰력과 상상력이 어디를 향하는가는 이 시집의 의미를 살피기 위해서는 빼놓을 수 없는 일일 테다.

필자는 지난 십 년간 한국 시단이 리듬을 잃어버리면서 은유로 '겨우' 연명하되 그러면서도 정신적 깊이와 공동체 혹은 타자들에 대한 깊은 유대를 잃어버린 것은 아닌가 하는 의구심을 품어 왔다. 풍요로운 감각도 시인의 존재 가치를 증명할 수 있는 깊은 결이 되어 있지 않다면 단지 시적 퇴폐와 타락 또는 전락의 징후일 수 있다. 감각적으로 흥미 있고 재치 있는 시라 해도 그 시가 무엇을 위해 '종'을 울리고 있는지 공감을 실어 말할 수 없다면 아주 뛰어난 시라고는 말하기 어렵다. 시적 재능을 가진 시인은 늘 등장하게 마련이고 그들은 늘 언어를 부리는 솜씨를 입증한다. 그러나 왜, 무엇을 위해, 라는 질문에 시인도 시도 대답해야 한다고 필자는 생각한다.

성영희 시인에 대한 이 논의에서 이미 「페인트공」의 일부를 함께 살펴보았지만, 필자는 이 시인이 이 시대의 화려하고도 풍성한 풍경들 대신에 잘 보이지 않고 드러나지 않는 사람들, 물상들에 관심을 기울이고 있음을 발견하게 된다. 이 시인은 오래전부터 있어 오히려 잊기 쉬운 것(「페인트공」,

「딱정벌레들」, 「소반」, 「꿈틀」), 소멸해 가는 것(「우물우물 맛있나요」, 「고사목」), 고통받는 존재(「환지통」), 가난하거나 떠돌아다니는 것(「이동 만물상」), 그늘에서 피어나는 것(「씨앗의 학습 시간」), 찰나만을 살아가는 존재(「하루살이」) 등에 시선을 던진다. "입과 항문이 없는 며칠"을 "생식기도 없이 사는" 하루살이와 "폐자재들과 부서진 벽돌 더미 사이로" "피어나는" 접시꽃 같은 존재들을 사랑하는 그는, 목소리 높은 '경향시' 대신에 '작은' 물상들의 '존재론적' 가치를 공을 들여 '천천히' 나타내는 방식으로 노래한다.

이러한 시들을 통하여 시인의 감각과 마음이 한데 어울려 흘러가는 방향을 감지할 수 있다. 이와 같은 시들을 대표할 만한 작품으로 다음과 같은 것이 있다.

목재부두 하역장
자국의 소리를 잃은 나무들 배에서 내리고 있다
와르르, 대해를 건너온 파도의 토막들처럼
긴 멀미를 토하며 바닥에 물결치는 원목들
그때마다 나무들의 외래어가 들린다
따뜻한 나라에서 온 부드러운 소리가 이국의 선착장에 깔리는 소리
수백 년 발 뻗었던 열대 우림을 떠나 이제 곧
방역 스팀에 숨구멍이 막힐 나무들을
인부 몇 물끄러미 바라보고 있다

옹이도 없는 저 나무들과 인부들은 국적이 같다 나무를 켜면 흰색이 나온다 흰 이빨을 드러낸 인부들이 톱밥 같은 땀을 흘리며 한 아름의 나무를 옮기면 그들의 몸속에도 질기고 모진 나이테가 생겨 두고 온 뿌리를 찾을 수 있다고 믿는 것이다

바깥보다 환한 안쪽,
손가락 한 마디씩 끊어 먹을 때마다 안으로 접힌 장갑의 빈 마디가 헐렁하다
나이테가 없는 열대의 나무들, 이국에서 이국의 나이를 먹는 중이다

자국의 톱날에 베인 붉은 문신의 나무와
이국의 톱날에 베인 푸른 문신의 인부가
제 영혼의 무게쯤은 거뜬히 견딜 수 있다고
바닥과 지붕과 문으로 다시 태어난다
나무 안에도 바람이 분다
아직 닫히지 않은 새파란 귀와 부드러운 혀가
나무들의 국적을 가르치고 있다

—「나무들의 외래어」 전문

이 시는 부두 하역장에 들어온 이국의 목재들과 이 나무

들을 나르는 외국인 노동자들의 풍경을 시 속으로 옮겨 놓은 것이다.

이 목재들과 인부들을 향한 시인의 찬찬한 시선은 "옹이도 없는 저 나무들과 인부들은 국적이 같다."라는 시 구절에 응축되어 있고, 이는 다시, "자국의 톱날에 베인 붉은 문신의 나무와/이국의 톱날에 베인 푸른 문신의 인부"라는 시 구절을 통하여 이들 '존재'에의 공감과 연민으로 나아간다.

여기서 '연민'이라는 말을 필자는 부정적 함의로 사용하지 않는다. 고향을 떠나 먼 타국에 와 일하는 사람들과 바다 건너 실려 온 나무들을 보며 시인은 그들이 "다시 태어난다"는 '사실'을 깨닫는다. 그들은 "제 영혼의 무게쯤은 거뜬히 견딜 수 있"고 "두고 온 뿌리를 찾을 수"도 "있"다.

그런데, 필자는 이 「나무들의 외래어」에서도 역시 "바깥보다 환한 안쪽"을 보고자 하는 시인의 노력을 엿보게 된다. 앞에서도 말했듯이 성영희 시인은 높은 은유적 상상력의 소유자이고 이 힘의 작동 방향은 현대의 양지를 향유하는 존재들과는 상당한 거리를 갖는 사람들, 물상들을 향한다.

「나무들의 외래어」에서 이 시선은 바다를 건너온 목재와 이 목재를 나르는 외국인 노동자들의 내부를 들여다보려는 노력으로 나타난다. 이 노력 덕분으로 여기 나오는 나무들은 정확히 말하면 외국어를 쓰겠지만 시인은 마치 그것을 "외래어"처럼 알아들을 수 있다. 시인이 바라본 "나무 안"에서는 "바람이" 불고, 나무들은 이 시의 화자에게 말을 건넨다. "아직 닫히지 않은 새파란 귀와 부드러운 혀가" 화자에게 이 "나무들의 국적"을 가르쳐 준다. 사실은 시인 스스로 이 나무들의 내부로 들어가 그들의 국적을, 그들이 사랑하고 그리워하는 고향의 언어를 찾아냈다고 할 수 있다. 이러한 '행위'를 가리켜 필자는 성영희 시인이 지닌 '사물의 내부를 들여다보는 힘'이라 말하고자 한다.

4

필자가 보기에, 이 시인이 들여다본 사람들, 사물들의 내부는 외부에서 이들이 처한 상황이나 또는 이들을 바라보는 사람들이 갖는 감각이나 감정과는 사뭇 다른 내용을 가지고 있는 것으로 나타난다. 버림받은 것들에도 생명이 있고, 죽어 가는 것들도 그 존재의 '독특함'을 아직 잃어버리지 않았으며, 이 시대를 구가하는 사람들이 보는 것과는 딴판인 힘과 에너지를 품고 있다.

바로 이러한 것들을 노래하고 이야기하기 위해 이 시인에게는 은유나 환유 같은 가장 전형적이면서도 날카로운 상상력을 동반하는 기법이 필요했던 것이라 말할 수 있다. 외부로 드러나지 않는 그러한 자질들을 사람들 앞에 이끌어 내기 위해서는 많은 시 이론들이 말하듯이 '통상적인' 언어의 용법과는 다른 특별한 '치환'의 언어가 필요했던 것이다.

이 내부가 더욱 명료하게 또는 깊이 있게 관찰될수록, 이 시인의 시는 성공적인 완성에 다다른다. 이러한 이유로 필자는 앞에서 인용했던 「미역귀」나 「연장의 공식」 같은 시들을 이 시집을 대표할 만한 것으로 손꼽을 수 있다고 생각하며, 그 연장선에서 다음과 같은 시도 흥미롭게 보게 된다.

철못은 안을 채우면서 박히고
나사못은 틈을 파내면서 들어간다
박히는 소리로 넘치는 못과
파냈으므로 넘칠 것 없이 꽉 조이는 못,
삐걱거리는 못은 딱딱한 성질 때문이 아니라
의중을 묻지 못했기 때문이고
소리 없이 그 틈을 채우는 못은
물렁해서가 아니라
의향을 가늠했기 때문이다

누군가 버드나무 가지를 꺾어 땅에 힘껏 찔러 넣어
자국도 없이 박혔다면
그 속에서는 뿌리가 다시 파랗고
우거진 틈을 내 펼치고 있는 것이겠다
무심코 던진 돌멩이도

물보라를 털어 낸 다음에
그 깊이로 가라앉는다

벽에 걸린 겨울 외투의 의중이
나른한 창밖을 내다보는 봄날 오후
위층에서 간헐적으로 못 박는 소리가 난다
삐걱거리는 속내도 아랑곳없이
시계 초침은 쉬지 않고 톡톡
휴일 오후를 박고 있다

무엇이든 잘 들어가지 않을 때는
그 의중을 물어 살살
돌려 줄 것

—「의중」 전문

이 시는 어딘지 모르게 사람들과 사물들의, 그 존재의 이면을 들여다보고자 하는, 그리하여 자신의 선입견이나 관념보다 그들의 편에서 그들 존재의 논리를 살펴보고자 하는 시인의 창작 방법을 가리키는 듯하다. "무엇이든 잘 들어가지 않을 때는/그 의중을 물어 살살/돌려 줄 것"이라는, 이 시의 마지막 구절은 이 시집의 주인이 확보하고 있는, '타자에의 배려' 같은 마음을 엿보게 한다.

이렇게 하여 사람들, 사물들의 그 존재의 내부를 들여다

보는 시인의 은유적 상상력이 명징한 표현을 얻은 마지막 사례로서 필자는 다음의 시 한 편을 꼽아 보고자 한다.

> 가문 밭에서는 오이도 비틀어진다. 시든 줄기 끝에서 꿈틀, 몸 한번 틀었을 뿐인데 볕은 순간을 굳힌다. 채소들이 웅크리거나 휘어진 것은 모두 물을 찾는 몸부림일 것이다. 일직선인 밭고랑도 자세히 보면 물이 많은 쪽으로 휘어져 있다.
>
> 봄에 로터리를 치는 트랙터도 물의 방향으로 살짝 방향키가 돌았을 것이다. 휘어진 꽃은 없는데 열매들이 저렇게 휘어진 것은 비틀리면서 떨어진 꽃의 갈증을 기억하기 때문 아닐까
>
> 휘어진 열매와 비틀어진 채소들, 아무도 돌아보지 않을 때 고랑은 제 물기를 모아 젖을 물린다. 그 밭에서 평생을 보낸 어머니도 허리가 휘어져 있다. 우주가 꿈틀, 휘어진 것들로 은혜를 거둬들이고 휘어진 것들로 뭉클하게 한다.
>
> —「꿈틀」 전문

정 많고 근심 많은 성영희 시인은 이 시집에 수록된 여러 시들을 통하여 어머니와 아버지, 소청도로 돌아간 친구같이 정든 사람들과 삶의 일상에서 추출한 보이지 않는, 그러

나 동시에 보이고 읽히고 들리는 사람들, 물상들에 대한 사랑과 관심과 배려를 노래했다.

위에 인용한 시에는 이러한 시인의 가치 의식이 자연적인 물상들과 인간과 우주를 하나로 통합하는 드넓으면서도 날카로운 은유적 상상력에 힘입어 응집되어 있다. 이 시에 나오는 물상들은 오이부터, 밭고랑도, 어머니의 허리도 모두 "휘어져 있다." 그리고 이 휘어짐에는 "별"의 기억이, 그 응집이, 생명이 살아 있음을 지켜내기 위해 몸을 한번 "꿈틀"하고 뒤채인 몸부림의 흔적이 기록되어 있다.

그리하여 이 시는 마치 시인이 자신을 둘러싼 삶들의, 생명들의 "의중"을 깊이 헤아린 결과로서 나타난 작품처럼 보인다. 이 생명들의, 자연의 '휘어짐'은 그들의 살고자 하는, 삶을 지키고자 하는 '꿈틀'거림의 흔적이요, 이 글에서 필자가 줄곧 써 온 용어로서 바로 그 은유적 표현이다. 이 휘어짐은 그러니 별이요, 꿈틀거림이다. "우주가 꿈틀, 휘어진 것들로 은혜를 거둬들이고 휘어진 것들로 뭉클하게 한다."

필자는 이 성실하고도 날카로운 시인의 은유가 미덥다. 존재의 내부를 들여다보고자 하는 사람은 은유의 마법을 날카롭게 계속해서 벼리지 않으면 안 된다. 성영희 시인의 새 시집은 그 과정을 밀도 높게 응축하고 있다.

시인의 말

보이지 않는 것
들리지 않는 것
만져지지 않는 것들이
문득문득 시를 데려왔다
그때마다
슬픔이
절망이
허공이
나비처럼 반짝였다

2019년 11월
성영희